U0122630

衛斯理系列 少年版 30

原子空間

上

作者：衛斯理

文字整理：耿啟文

繪畫：鄺志德

衛斯理
親自演繹衛斯理

老少咸宜的新作

　　寫了幾十年的小說，從來沒想過讀者的年齡層，直到出版社提出可以有少年版，才猛然省起，讀者年齡不同，對文字的理解和接受能力，也有所不同，確然可以將少年作特定對象而寫作。然本人年邁力衰，且不是所長，就由出版社籌劃。經蘇惠良老總精心處理，少年版面世。讀畢，大是嘆服，豈止少年，直頭老少咸宜，舊文新生，妙不可言，樂為之序。

倪匡　2018.10.11　香港

主要登場角色

白素

革大鵬

衛斯理

格勒

法拉齊

第一章

最怪異的航機失事

還記得那天晴空萬里，而我的心情 😊 比天氣更好，因為昨天收到未婚妻白素的電話，說她今天將會回來。

不但我高興，老蔡一清早就將家中打掃得乾乾淨淨，一塵不染。飛機十一時二十分到，可是從九時起，老蔡便嘰嘰咕咕，不知催了我多少次，叫我快些動身。他是我們家的老僕人，我尚未成家，他極為不滿。

我也實在心急要見白素，這些日子來，我只知道她在有着「**亞洲最神秘地區**」之稱的地方，受託辦一件極艱難危險的任務，但當中的詳情我並不清楚。

由於**心急如焚**，我到達機場時，還只是十時二十分，足足早了一小時。

好不容易等到十一時一刻，來接機的人個個臉上都帶着愉快而急切的神色，我怕是當中最心急的一個，不斷地看着**手表**，又過了五分鐘，飛機應該出現了，可是蔚藍的天空上半點迹象也沒有。

我開始深呼吸，心中安慰自己：不可能有事的，天氣這麼好，即使是經驗最淺的飛機師，也可以將飛機順利駛達**目的地**。

可是，不安的情緒在人群中迅速擴散開來，人人都望着天空，時間亦過得特別快，轉眼已是十一時三刻了。

不安的情緒愈來愈濃，接機的人開始交頭接耳，神色慌張，終於有人叫道：「去問辦公室，究竟發生了什麼事！」

兩個中年人應聲走出了人群，我跟在他們後面，又有幾個人跟在我後面，迅速來到機場辦公室。辦公室的門打開，一個頭髮已經花白的中年職員迎上來，臉色十分沉重，望着我們不說話，而辦公室內其他職員也望着我們。

他們的目光👁👁十分奇怪，充滿了憐憫，我心中感到了一股寒意，連忙上前問：「我們在等候507班機，我的未婚妻在飛機上，告訴我，發生了什麼事？」

那中年人的聲音十分沉痛：「507班機，在十一時正突然失去了聯絡——」

他才講到這裏，人叢中已起了一陣騷動，一個婦人更尖叫起來。

「沒有消息麼？」我緊張地問。

那中年人吸了一口氣，「一架軍機報告，發現客機撞向東南五十哩外一個荒島的山峰上。」

不幸的消息傳開，各種呼天搶地的哀鳴聲此起彼落，我也渾身冒着冷汗，不願相信這是真的。

那中年職員安慰道：「各位請保持鎮定，情形未必如報告中那樣壞，我們正準備和警方去事發地點視察。」

「我和你們一起去。」我說。

那中年人搖了搖頭，「對不起，我們只準備了一架小型 水上飛機。」

這時，一名高級警官推開人群向前走來，我認得他是隸屬於傑克上校的特別工作組，名叫泰勒。我立即向他亮出一張證件，「我有 國際警方 的特別證件，要求參加飛機失事的調查工作。」

泰勒來到我面前，友善地點了點頭，「我們也需要你的幫忙。」

他隨即拉着我出發，那中年職員跟在後面，而辦公室的其他職員則 安慰 着接機者。我們擠出了人群後，又有三個人加入我們的行列。兩個是失事飛機所屬航空公司的代表，一個是 青年警官 。

那青年警官向泰勒行禮，「 水警輪 正駛往

11

出事地點，另外又有一架軍機看到了失事客機。」

「怎麼樣？」泰勒連忙問。

那青年警官說：「兩次報告相同：『飛機的一半插進了岩石之中』。」

我不禁驚問：「什麼叫『飛機的一半插進了岩石之中』？」

泰勒一面低着頭疾走，一面說：「我們接到的報告就是這樣：失事的飛機 **插** 進了一個小島山上的岩石之中。」

我和其他幾個人都搖頭表示不明白，飛機撞中了岩石，當然會墜毀，甚至焚燒、爆炸、支離破碎，就是不可能「插進了岩石之中」，除非那小島的山峰是 **雪糕** 做的！

只見泰勒也搖着頭：「我也不明白，但那空軍中尉 **發誓** 說，他看到飛機的前半部分陷進了岩石，剛好到機翼的一半，而後半部分則露在岩石外。」

那空軍機師一定是神經失常，產生幻覺了，可是，連續兩名機師都有着相同的 **幻覺** ，似乎又不大可能。

我們登上水上飛機，機上又有兩個人在，他們都是調查飛行意外的專家，帶着很多儀器和我們一起出發。

十二時五十分，我們看到那個小島了，有着相當高而直的 **峭壁** ，整個小島就像一座冒出水面的山峰。

但我們看不見所謂「飛機插進岩石」的「奇景」。

「確定是這個小島嗎？」我問。

駕駛員堅定地說：「是這裏，兩位目擊者所報告的 **經緯度** 就是這裏。」

水上飛機開始下降，底部的浮筒接觸到水面後，便繞着那個小島 **滑行**，當滑行到小島的東南面時，我們看到了那架失事飛機，正停在沙灘上！

剎那間，人人都像木偶一樣呆着不動，水上飛機亦急停下來。

「天啊！」那兩名專家忍不住驚叫了一聲。

我們這樣驚訝，是因為那架飛機只有後半部分，而且好像完全沒有損傷，除了沿機翼中間斷開了之外。

「這是怎麼一回事？」我問那兩位專家。

其中一個結結巴巴地說：「可能是一股突如其來的氣流，將飛機折斷了。」

他講這句話的時候，連自己也露出了不相信的神色。先不說在這樣的天氣是否會有 *突如其來的* *氣流*，就算有，半架飛機從高空跌下來，怎麼可能這樣毫無損傷地停在沙灘上？技術再好的飛機師，也不能駕駛半架飛機 **降落**，何況是後半部分？而且，飛機的前半部分在哪裏？還有機上的人呢？這事情實在太詭異了。

我們坐 **橡皮艇** 登上了小島，首先看到飛機尾部略陷入沙灘之中，沒有爆炸或燃燒過的痕迹，然

後我們繞到那半截飛機的前面，只見斷開的切口出奇地平滑，如同用水果刀剖開**蘋果** 🍎 一樣，這飛機像是被一柄巨大的利刃切成了兩半！

更驚奇的是，機艙內竟然是空的，沒有人，沒有椅子，什麼也沒有，只剩下機殼。

航班紀錄 顯示，這架飛機的乘客連同空中服務人員共有八十六人，如今他們身在何處？如果不幸罹難，怎會半點屍骸也看不見？一想到這裏，我的心反而安定了一些，因為只要沒看到任何屍體，白素仍然有活着的可能。

根據先後兩架軍機的 **報告** ，這架失事飛機曾經「插」在岩石上，那麼，它的前半截難道仍陷在岩石中？

這是 **荒唐透頂** 的想法，卻又是目前唯一有證人支持的說法。我們的目光不由自主地移向那些嶙峋的岩石上。

此時四周靜到了極點，只有 **海水** 緩緩拍岸的聲音。但突然間，在我們的頭頂上空，響起了一種十分奇異的聲音，有點像飛機聲，卻又夾雜着一種「**嗡嗡**」聲，我們連忙抬頭看去。

只見天上仍然什麼也沒有，而那種聲音亦慢慢減弱。

「誰有 **望遠鏡** ◯◯？」我連忙問。

泰勒遞了一具給我，我提着望向天空，彷彿看到一點銀光閃了一閃，但隨即又不見了。我不知道那是什麼，可是心中有一個瘋狂的猜想：難道那是飛機的前半截，仍然在 **天空** 中飛行？

第二章

那兩個專家 目瞪口呆 地站着，眼前的一切已經超出了他們的知識範圍。

泰勒站在海邊，望着全速駛來的水警輪。本來，警方出動大批水警輪，準備來拯救 傷亡者 ，可是如今島上連人影也不見一個。

我望着那半截飛機，希望這時在機艙中突然走出一個人來，我不敢 奢望 那走出來的人是白素，只希望有一個人出現，告訴我究竟發生了什麼事！

我走進機艙，一直向機艙的尾部走，沿路什麼都沒有，空蕩蕩的機艙給人進入了一副 **棺材** 的感覺。

我來到機尾部分，那裏是空中小姐休息的地方，和機上處理食物的所在，如今不但 **空無一人**，甚至空無一物，真的只剩下一個機殼。

但我仍然大聲地叫着，希望奇蹟出現，會有人回應我，結果當然讓我失望。我頹然坐下，雙手捧住了頭，**自言自語**：「這究竟是怎麼一回事？」

我雙眼溢滿了淚水，在朦朧中看到面前有兩個人向我走來，我以為 **奇蹟** 出現了，連忙站起來。當他們來到

我面前時，我才看清那是泰勒和另一名警官，泰勒向我介紹：「這位是704號水警輪的指揮官朱守元，是十分能幹的**年輕人**，你有什麼需要協助的話，儘管吩咐他。我現在要回去應對**傳媒**，這裏暫時交給他帶隊搜索。」

我點了點頭，泰勒便匆匆離開。

眼前這位朱守元警官，穿著十分整齊，年紀輕，高額、薄唇，一看就知道他思想靈敏，**意志堅決**。他向我立正、行禮：「朱守元，奉上級的命令，接受你的指揮。」

我疲乏地伸出手來，和他握了一握。

他認真地打量着四周，「**這究竟是怎麼一回事？**」

我苦笑着搖頭，「暫時一點眉目也沒有，一架客機，八十六個人，在良好的天氣下飛行，但聯絡突然中斷，接

着有軍機看到它插在岩石上，而我們趕到時，便是這個樣子。」

朱守元果斷地說：「這個島並不大，我可以立即指揮所有警員進行 🔍**搜索**，尋找一切可能屬於這架飛機上的東西，當然更重要是機上的人，你認為如何？」

「非常好。」我欣賞道。

朱守元立刻跑出機艙，外面已有數十名警員候命，朱守元將他們劃分成 **兩人👥一隊**，分散搜索小島的每一個角落。而在水警輪上，還有十來個戴上全副潛水裝備的警員，正陸續 **下水**，在小島附近的海域搜索。

我也參與搜索工作，和朱守元一起，向那個山峰攀去，因為如果那飛機真的曾經停留在岩石上，多少也會留下一點痕迹。

可是，我們直攀到了 **山⛰頂**，仍是一點發現也沒有。

我和朱守元站在山頂，一同喘着氣時，突然在一塊岩石上，看見一個奇怪的東西。那是一枚形狀大小像忍者 **飛鏢** 的金屬，略呈肥胖的「T」字形，在陽光下閃閃生輝。

朱守元快步走過去，想將那枚 **金屬** 拿起來，但見他的手放在那金屬塊上足足半分鐘，也沒有拿起，還突然後退了 **一步** ，他面露訝異的神色對我說：「衛先生，你⋯⋯拿拿看。」

我便走上前，伸手去拿取那枚金屬，卻竟然拿不起來。如此**細小**的一塊金屬，我竟拿不動！天下還有比這個更荒謬的事情麼？

我使出所有力量，還是拿不起它。我心裏想，它可能是用**超能膠**黏在大石上。我於是用盡全力去推，就算那枚金屬是從岩石中生出來的，以我這個力道，也足以把它連同石頭一併推倒了，可是，那金屬塊和岩石都重如千斤，我無法動它們半分。

我停下來，**俯身**看清楚那枚金屬到底是什麼，登時大吃一驚地叫了起來：「天啊！你來看看！」

　　朱守元馬上湊過頭來細看，發現那形狀像三角鏢的金屬，其實是 **半架飛機**！

　　「天啊！」朱守元也驚叫起來，「這是模型麼？為什麼只有前半截？」

　　我吸了一口氣，「而且看上去和沙灘上那後半截飛機很吻合，這件 **金屬模型** 究竟是怎麼一回事？」

　　我們都想不明白，一直呆呆地凝視着那枚金屬，突然之間，我發覺它似乎在 **搖動**，便伸手去按住它。等到我按住它之後，我才知道移動的不是那枚金屬，而是承受着它的那塊大石，正在 **慢慢地傾斜**！

大石為什麼會傾斜呢？我後退了一步，仔細看去，發現大石正在向下陷入泥土裏，看情形就像大石不勝重壓而下陷，但是大石上什麼也沒有，只有那一小塊金屬——體積比**乒乓球**○還小的金屬！

朱守元也看到了大石正向下陷，失聲道：「什麼事，**地震**？」

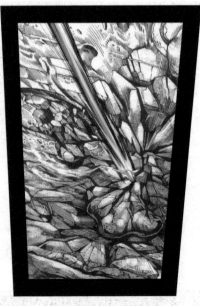

我還來不及回答，那枚金屬已經因為大石傾側而滾跌下來，撞在另一塊**石頭**◣上。

那一撞的力道，竟然令石頭碎裂開來，而那枚金屬則繼續滾跌下去，那麼小的一塊，卻如同數十噸**重物**般，令整個山頭都在震動！

　　我不顧危險地追着那枚金屬，眼看它以驚人的速度滾下山，最後落在沙灘上，迅即就沉沒不見了。

　　那塊金屬到底是什麼呢？何以會如此沉重？而且為什麼會是半截飛機的形狀？難道它真的有半架飛機的重量？

　　我和朱守元回到沙灘後，在那枚金屬掉落的位置扒着沙搜索，卻找不到那金屬，那樣又重又細小的東西，不知道陷入沙裏多深了。

天快要黑的時候，所有警員已將全島搜索過一遍，回到沙灘集合，蛙人也浮出了水面，他們的報告一致：**一無所獲**。

朱守元決定暫時收隊，等明天天亮再來調查。

但我要求道：「請你留下一些乾糧、一個**帳篷**及一艘快艇，我要繼續留在這個荒島上。」

朱守元有些吃驚，我深深地吸了一口氣，告訴他：「**我的未婚妻在這班航機上。**」

朱守元聽了之後，沒有再説什麼，只是拍了一下我的肩膊以示安慰，然後就照着我的**吩咐**，將一個帳篷及許多必需品，搬到島上來，又留下了一艘燃料充足的快艇。

水警輪走了，島上只**剩下**我一個人。我抱着膝，在海灘的一塊大石上坐了下來，望着那半架飛機。

細細的 **浪花** 拍着岸灘，幾隻小海蟹正在沙灘上忙碌地掘着洞，島上靜到了極點，我腦中卻亂成一片。

我呆呆地注視着海水，忽然之間，我又聽到天上有那種「**嗡嗡**」聲傳來，連忙抬起頭看，只見天際出現了一點銀輝，和我上次聽到那種「嗡嗡」聲之後，用望遠鏡所觀察到的一樣，也是一閃就不見了。

沒多久，我好像看到有什麼東西 **飄** 了下來，落在沙灘上，然後那位置竟突然出現了兩個人，向我走來！

我驚訝不已，這兩個人是怎樣來到小島的？他們的服裝有點怪異，腰間圍着一條又闊又厚的 **腰帶**。

我望着他們，一言不發，他們開始四面張望着，然後又望着我，其中一人終於打破了沉寂：「**你是什麼人？**」

我反問道：「你們是什麼人？」

　　那兩個人互望了一眼，其中一人又問：「這裏是什麼地方？」

　　我仍然不回答，反問道：「你們是怎麼來的？」

　　那兩個人神色迷茫，好像剛睡醒一樣，努力回想了一會，似乎終於想起了，左邊那個比較年長的人説：「我看我們的飛船失事了。」

　　「飛船？」我感到莫名其妙。

第三章

兩個瘋子從天而降

　　那兩個人以極懷疑的目光望着我，其中一人問：「你是什麼人？你……難道是從別的星球來的？」

　　我實在  哭笑不得，這是什麼話？我正懷疑他們是從外星來的，他們倒懷疑起我來了，我沒好氣地說：「我當然不是從別的星球來。」

他們又問：「那麼這裏是什麼地方？我們的意思是：這裏是不是地球？」

「不是地球，難道是天王星嗎？」我嘲諷道。

「我們還在**地球**……」那兩人還是很疑惑，「可你是地球人，怎麼會不知道我們的飛船，不認識我們？」

這兩個人一定是瘋子，我苦笑道：「我為什麼要認識你們？」

他們卻很驚訝，

「天啊，**我們是****最偉大的星際飛行員，法拉齊和格勒！**」

33

比較年輕的法拉齊接着説：「**你難道不知道飛船起飛的消息?** 這是地球上每一個人都在談論着的事情！」

白素生死未卜，我實在沒心情與瘋子周旋下去，我説：「好了，算我 **孤陋寡聞** 。請讓我一個人靜一靜，這裏剛剛有一架飛機失事，你們又不是看不到！」

那兩人一聽到「飛機」兩個字，便抬頭向我所指的那半截飛機看去，臉上露出極驚愕的神色，齊聲道：「老天，這是什麼東西？這個小島是 **博物館** 嗎？」

那個叫格勒的傢伙還指着我説：「原來你是博物館的管理員。」

我用看瘋子的眼神望着他們，他們卻不再和我説什麼，只顧 **環視四周** ，露出十分焦急的神色。法拉齊問格勒：「我們的飛船到底發生什麼事？」

　　格勒答道：「不知道，當時飛船突然劇烈 **震動** 起來，像是有什麼巨大的力量要捲走飛船一樣，我昏迷了，但相信是 **自動求生系統** 將我們彈出飛船，送回地球安全着陸。」

　　法拉齊猶有餘悸，「不錯，我也昏迷了，剛醒來就發現自己身處這個小島。我們得趕快向總部報告！啊，等等——我們的 **領航員** 革大鵬呢？」

我愈聽愈覺得他們兩人所說的，正是飛機失事意外，他們可能因為驚慌過度，所以有些 胡言亂語 ，將飛機說成飛船。

「你們請先冷靜一下，剛才你們提到了什麼人？領航員 革大鵬？」我嘗試引導他們講出飛機失事的真相。

他們齊聲道：「是的，革大鵬，他是亞洲人，是我們的領航員，也是最傑出的 太空 探險家 ！」

他們的回答令我覺得，跟瘋子說話，得用瘋子的語言，我於是問：「你們的飛船有不少人，其中一個叫白素的 美麗 中國女子 ，如今怎樣了？」

這兩個傢伙卻不回答我，瞪了我一會，互相低聲交談起來，法拉齊說：「奇怪，這種古老的病症如今居然還有？」

格勒也詫異道：「是啊，**高頻率電波**可以輕而易舉地使腦神經恢復正常，他為什麼不去接受這種簡單的治療，卻一個人在荒島上呢？」

我忍不住大聲問：「我有什麼病？需要什麼治療？」

格勒也大聲告訴我：「朋友，**你有神經病**，為什麼不肯去接受簡單的電波治療？」

這兩個瘋子反倒把我當成神經病患了，不禁使我啼笑皆非，而格勒突然提起一隻手腕，對着**手表**說：「星際航空總部！星際航空總部！」

他叫了兩聲，臉上露出十分詫異的神色，望向法拉齊，「我的通話器壞了，試試你的！」

法拉齊同樣對着自己的手表，叫了幾聲「星際航空總部」，然後**皺眉**道：「奇怪，怎麼不能和總部聯絡了？」

他們的情況看來很嚴重，我認為必須 **盡快** 送他們去 **醫院** 🩺，便提議道：「你們不如和我一起，乘這小船到市區去？」

兩人一看到我所指的快艇，竟像是看到了非洲人用的獨木舟一樣，驚訝地叫了出來：「天啊，你從哪裏弄來這 **老古董** ？」

「老古董？」我很訝異。

格勒說：「我猜這是一艘 **螺旋槳** 發動的船隻，是不是？那還不是老古董麼？」

我深吸一口氣，問：「好，那我很想知道，最新的船是什麼？」

法拉齊 **高舉雙手**，表情十足地向我講解：「你沒見過麼？當然是『渦流船』！它利用水流所產生的能量作為推動力，可以無休止地 **航行**，比起核動力更方便、安全和環保。」

我呆了好一會，才說：「抱歉得很，你們所說的這種船，我還是第一次聽到，你們如果要到有人的地方去，那只好坐我的古董船了。」

格勒笑道：「**懷舊** 一下，倒也不錯。」

法拉齊卻皺着眉，「懷不懷舊不重要，我倒擔心**安全**的問題，連我們最先進的飛船都出意外了，何況這件老古董？萬一它在大海中心沉沒了怎麼辦？」

他突然望着我身上的服裝，繼續説：「我們的衣服有**浮水**功能，倒也不怕，但我看你身上所穿的，也是那種懷舊的棉質衣服⋯⋯」

　　我連忙敷衍他：「不用替我擔心，古董船上備有古董**救生衣**。」

　　兩人微微點着頭，「那好吧，我們跟你一起到市區去。」

　　我們於是上了快艇，他們確實像遊客體驗**人力車**一樣，饒有興味地細看這「古董船」。

　　快艇**飛馳而去**，船首濺起連串水花，速度之快，令人有頭昏目眩的感覺。但格勒卻嘆了一口氣：「老天，這艘船一定叫『蝸牛號』，速度竟如此慢！」

　　我正想**反唇相譏**幾句之際，夜空突然傳來一陣飛機聲響，兩架噴射式軍機在我們的頭上掠過，留下了兩條長長的**白煙**。

　　法拉齊和格勒聽到了聲音，一同抬頭望去，突然臉色大變。

我連忙問：「你們是不是想起了  飛機失事 的情形？」

　　兩人好像沒聽到我的話一樣，忽然齊聲叫道：「天啊，這是什麼？」

　　「我不相信你們未見過飛機。」我冷冷地説。

　　格勒叫道：「它居然是 有翼的。」

我實在忍不住了，霍地站起來，快艇因而晃了一晃，幾乎翻轉。我大聲說：「你們兩人少說些瘋話好不好？飛機沒有翼，那什麼才有？」

法拉齊和格勒一同望着我，神情十分嚴肅，不像開玩笑，也不像發神經，法拉齊說：「朋友，飛機的雙翼，早已淘汰了。」

我冷笑起來，「是什麼時候淘汰的？」

法拉齊想了一想，回答道：「如果你是指完全淘汰的話，也有三十多年了。」

第四章

時光倒流一百年

那兩個**瘋子**愈說愈過分了，我實在忍不住大聲道：「你們別再開玩笑了！如果有翼飛機已被淘汰了三十多年，那麼這三十年來人類用什麼**交通工具**來飛行？」

「當然是圓形飛船或茄形飛船。」法拉齊說。

「那是什麼東西？你發明出來的嗎？在什麼時候發明的？」我步步進逼，希望逼他們清醒過來。

法拉齊卻回答得頭頭是道：「大約在21世紀中葉以後，圓形和茄形飛船興起，有翼飛機因為速度上的致命缺點，而遭到淘汰了。」

「21世紀中葉？」我真想大笑起來，「別開玩笑了，現在才21世紀初而已，你是預言家麼？」

格勒和法拉齊兩人互望了一眼，格勒十分心平氣和地說：「我想你的算法有錯誤，從2001到2100年，那才是21世紀。而我們已經處於22世紀了，那就是從2101到2200年。」

這種常識我怎會不懂，他居然把我當作**小學生**那樣教導起來，但聽了他後面的那句話，加上他們看到什麼都覺得是**古董**的反應，我突然有了一個極荒謬的想法，使我渾身不期然震動了一下。

而快艇是由我操縱的，我的手一震時，快艇亦猛地轉彎，幾乎翻船。我連忙關掉快艇的**引擎**，喘了一口氣，法拉齊和格勒立即齊聲道：「喂，你在搞什麼鬼？」

我深深地吸了一口氣，戰戰兢兢地問：「你說我們處於22世紀，請問現在是什麼年份？」

他們把我當成神經漢那樣**盯**着，然後說出了年份，我一聽，簡直驚呆住了。

「喂！你沒事吧？」他們緊張地搖了搖我的身體。

我於是告訴他們，據我所知目前的真實年份，與他們所講的，**剛好相差了一百年！**

法拉齊和格勒聽了我的話後，忍不住大笑起來，笑得前仰後合，令快艇左搖右擺。

我卻苦笑道：「是真的，我並非開玩笑，你們是來自一百年後的人，不知道是什麼力量將你們拉到一百年前來。」

由於我說得十分正經，他們止住了笑，並回想起剛才至今所看到的種種「古董」，愈想愈覺得我的話是真的，臉色也漸漸蒼白起來。

我不再發動引擎，任由快艇在海面上漂浮着。我們三個人 🧠 腦中都亂到了極點，誰也不出聲，過了好一會，我才開口道：「你們⋯⋯還想到市區去？我的意思是，**你們能夠習慣⋯⋯一百年前的生活？**」

法拉齊和格勒互望了一眼，又呆了片刻，格勒才説：「我們在 **歷史** 上知道，一百年前的世界仍然有國家的觀念，紛爭不斷。」

「沒錯。」我點頭。

法拉齊望着我，「我們不知道你是什麼人，但看來你願意 **幫 🤝 助** 我們。」

我苦笑了一下，「可以那麼説。」

格勒隨即道：「我希望你不要將我們的 **身分** 透露出去，你能答應麼？」

我打量了一下他們，「我認為問題不大，雖然你們的

衣服有一點點怪異，但比你們更怪異的 潮流服飾 比比皆是，你們看起來和現在的人沒有大分別，人們絕不會起疑心，你們可以習慣——」

　　法拉齊卻激動道：「 我們要回去！」

　　我攤了攤手，「既然你們不知道自己是怎麼來到一百年前的，那麼我估計你們也不會知道怎麼回去一百年後。所以你們最好要有 心理準備 ，之後會在這個年代一天一天地過日子。」

　　法拉齊和格勒又**沉默**了許久，才振作地說：「我們會盡量尋求方法的，我相信我們的飛船還在，還有我們的領航員革大鵬，他是極出色的**科學家**，他一定會有辦法。」

　　「無論如何，先來我家裏，再慢慢討論吧。我們很難在海中心想出辦法來。」我於是重新發動引擎，駕駛**快艇**前往市區去。

　　當快艇駛近碼頭時，已經能看到岸上的建築物和交通工具等等，他們兩人睜大了**眼睛**，不由自主地嘆了一口氣，因為他們知道自己確實回到了一百年前。

　　我安慰道：「你們不必難過，我會替你們保守秘密的。你們的外形和我們完全一樣，只要不暴露身分，應該可以如常人**生活**。」

法拉齊和格勒兩人互望了一眼，都哭喪着臉，「可是……我們的 家人🏠 呢？他們在什麼地方？我們還能與他們見面麼？」

我感到萬般無奈，他們的親人當然應該在 地球🌏 上，但由於身處的時間不同，他們的親人至少要在四五十年後才 出世🍼 ，就連他們自己，也應該在七八十年後才出生，這是多麼令人茫然難解的情況。

法拉齊和格勒的心中一定非常 紊亂😣 ，我只好安慰他們：「你們不用沮喪，既然有一種神秘力量將你們帶來，那麼只要找到那種 神秘力量 ，就可以回去了。」

「但願如此！」兩人喃喃道。

這時，快艇已經靠岸了，有兩艘水警輪停泊在碼頭上，一個警官見到了我，和我 打招呼✋ ：「衛先生，傑克上校等着你。」

我答道：「非常對不起，我有十分要緊的事情，不能去見他。而這艘快艇是朱守元警官借給我的，請代我還給他。謝謝。」

那警官答應了一聲，我便帶着法拉齊和格勒一起坐的士🚗到我的家裏去。

老蔡一見到我，張大了口，説不出話來。

看到他驚惶的樣子，我不禁怔了一怔：「你怎麼了，老蔡？」

老蔡啞着聲音説：「我已經知道了，白小姐所坐的那班飛機……失事……一個人都沒有生還。」

「不！」我立即糾正他：「不是沒人生還，應該是暫時沒發現任何人死亡。」

我堅信白素沒有死，既然一百年後的人也可以穿越到這個時代來，還有什麼是不可能的？白素一定仍活着！

但我當然沒有將法拉齊和格勒這兩個人的來歷告訴老蔡，只吩咐他為我們泡三杯熱茶 ，然後便叫他回到自己的房間早點休息，不要想太多。

我嘆了一口氣，頹然跌坐在沙發  上。格勒連忙過來扶住我說：「你的臉色太難看了，你沒事吧？」

我苦笑了一下，「你們不必為我擔心，我沒事。」

法拉齊也來關心

我：「朋友，你遇到了什麼困難？或者我們可以幫你解決。」

我 心 中一動，連忙説：「對了，我正想向你們請教！」

於是，我將這次飛機失事的詳情講述了一遍，希望這兩位 **來自一百年後的人**，能運用他們的頭腦和知識，解開當中的謎團。

他們細心地聆聽，一直沒有插言，直至我講到在小島的山峰上，發現了一枚金屬，形狀竟然和飛機的前半截 **一模一樣**，法拉齊叫了出來：「那就是半架飛機！」

我停了下來，望着法拉齊。

法拉齊解釋道：「那的確是半架飛機，你當然拿不動，誰能夠 **徒手** 拿起半架飛機？」

我仍然睜大了眼睛，望着他，盡力去 **理解** 他説的話。

而在這時候，格勒也低呼了一聲：「天，**這是革大鵬做的！**」

革大鵬——我記得這個名字，那是他們的領航員，在他們那個時代極為傑出的一位科學家。

法拉齊接着點頭附和：「看來是。壓縮原子和原子之間的空間，正是他和幾位科學家一直努力**研究**的項目。」

我依然**摸不着頭腦**，連忙問：「是怎麼一回事，革大鵬做了什麼？」

第五章

「我明白了！」法拉齊**恍然大悟**，斷言道：「革

大鵬精通了壓縮原子空間的技術之後，一定還秘密研究使

時間倒流的方法，並且成功了！」

格勒疑惑道：「你的意思是，我們來到這裏並非意外，而是革大鵬把我們當作**白老鼠** ？」

他們兩人的話令我愈聽愈糊塗，我着急地問：「對不起，我只想知道，失事飛機上的**乘客**，如今在哪裏？是否還活着？」

格勒年紀較大，講話也比較慎重一些，他想了一想，才説：「那應該從頭説起，首先，這次飛機失事，我們假定是一件**人為事件**。」

「人為的？是革大鵬做的？」

格勒點了點頭，「嗯，我們暫時假定是革大鵬做的，因為他是原子空間問題的**權威** ，你知道什麼是原子空間麼？」

我直截了當地回答：「顧名思義，應該是物質中原子與原子之間的**空隙**？」

「是的。」格勒説：「任何物質，都好像一堆**黃豆**一樣，每一粒豆就是一個原子，而原子和原子之間，其實有着許多空隙。以水為例，水原子之間的空隙大得驚人，一立方厘米，也就是一cc的水，如果在正常情況下，是一克重。但你可知道，如果這一cc水裏面的**原子空間**被壓縮，也就是原子和原子之間一點空隙也沒有，緊緊地擠在一起，那麼這一cc的水會有多重？」

我一臉迷茫，「有多重？」

法拉齊接口道：「一萬公斤。一滴水，就那麼重。」

我目瞪口呆了好一會，才説：「那麼……你的意思是，我所看到的那一小枚金屬……就是那失事飛機……的前半截壓縮而成的？」

他們一同點頭。

「」我追問。

法拉齊説：「壓縮原子空間的技術，暫時還未能成功運用在動物　身上，所以我估計，機上的人在飛機失事前一刻已被人弄走了。」

「弄到哪裏去？一百年前？還是一百年後？」我緊張地問。

法拉齊攤了攤手，「這一點我也不清楚，一切都只是我的推斷　而已。我估計，當飛機撞向那小島的岩石時，事實上只有後半截，所以看起來好像飛機插進了岩石一樣。但那後半截飛機為什麼又完好無損地出現在沙灘上，我一時間也想不通。」

我們仍被重重謎團　所困，就在這個時候，他們的手表突然同時響起來，兩人喜出望外，連忙「接聽」，立

刻傳來一把十分粗豪的聲音：「**法拉齊、格勒！**」

　　「領航員！」兩人齊聲叫了出來。

　　那粗豪的聲音繼續說：「由於遇到了一些意外，所以我和你們失去了聯絡，如今飛船停在五萬一千呎的空中，你們的**飛行腰帶**能達到這高度麼？」

　　格勒對著手表說：「可能達不到，但是，領航員，我們──」

　　他的話未能講完，那粗豪的聲音已說：「那你們盡量飛高，我再派**子船**接你們回來。」

兩人大聲叫道：「領航員，我們……我們到了一百年前，你……知道麼？」

那粗豪的聲音自然是**革大鵬**，他沉聲道：「我知道，我有話對你們說，你們趕快回來。」

格勒望向我，「對不起，衛先生，我們的領航員會有辦法的，我們要去和他會合了。」

我連忙叫道：「等等，那麼飛機上的人在哪裏？」

我不知道革大鵬是否聽到我的叫聲，但格勒和法拉齊已經**迫不及待**衝了出屋外，這時天色已經非常昏暗，只見他們一出了門口，腰上那條又寬又厚的腰帶就發出了「嗤」的一聲，兩人的衣領上都翻起了一個罩子，罩在頭上。

接着，他們便以一種我從未見過的高速，向上噴射升去，剎那間就完全不見了，我連追上去的機會也沒有。

　　我回到屋中，沮喪地坐在沙發上，垂着頭，希望使自己的頭腦 **清醒**  些。而當我再抬起頭來時，竟然看見對面的沙發上坐着一個人，正望着我！

　　我也定睛望着他，那是一個四十歲左右，皮膚黝黑的方臉中年人，其目光十分銳利，鼻尖呈 **鈎形**，像是鷹喙。

　　這個人是怎麼進來的？我還未開口，他便向我笑了一笑，說：「衛先生，我來**自我介紹**，我是革大鵬——嗯，可以說是中國人，我是在蒙古戈壁大運河附近出生的。」

　　我只知道蒙古有大戈壁沙漠，所謂**運河**，很可能是一百年後的事，或許他們的科技已經可以將沙漠變為綠洲。

　　而眼前這個革大鵬，就是法拉齊和格勒口中那位領航員，**一百年後的傑出科學家**！

　　他站了起來，好奇地打量着屋中的陳設和物品，笑道：「我們的會面，十分難得。如果不是**宇宙**忽然神經病發作，我們怎麼可能相見？要知道我們之間足足相差了一百年！」

他對自己的處境知道得十分清楚，我疑惑地問：「你和他們兩人不同。」

革大鵬說：「不錯，我和他們不同，你可知道我們的飛行，對他們兩人來說是一種 榮耀 ，但對我來說，卻是一種懲罰！」

我一點也不明白他的意思，他揮着手，神情顯得相當激動，「我是最偉大的 科學家 ，我要研究太陽，利用太陽中無窮無盡的能量來供我們使用；但是另一班昏庸的所謂科學家卻不准我去碰太陽，他們將我貶到火星去 建立基地 ，這對我來說，不是懲罰麼？」

我有點明白了，革大鵬是個野心勃勃的人，不甘去火星建立基地，他的夢想是研究太陽。

我平靜地問他：「所以你在飛行中 玩了花樣 ，是不是？」

革大鵬走近幾步，俯身看我，目光炯炯，「是的，法拉齊和格勒這兩個傻瓜以為飛船正前往**火星**，實際上，我們是飛向太陽，我要堅持我的主張！」

「可是，那又是怎麼一回事，你們回到了這個時代？**也是你，故意做的麼？**」

革大鵬面帶笑容，似乎很樂意來到這個時代，「我也不知道這是怎麼一回事，飛行途中遇到一下突如其來的震盪，法拉齊和格勒都因此昏迷了，自動救生系統將他們彈出，送回地球安全着陸。而我仍清醒在飛船上，發覺飛船竟已回到了地球 的上空，並且看到了那架古老的飛機，於是——」

我立即跳了起來，着急地問：「你將那架飛機怎樣了？飛機上的人怎樣了？」

我雙手按在他的肩頭上，他似乎很不滿，稍稍動了一下身子，一陣觸電似的震動便傳入了我的體內，不但使我的手鬆開來，更令

我整個人也**彈————開**，跌回到沙發上，全身如同被麻醉了一樣。

　　革大鵬冷冷地說：「坐下來好好聽我說，飛機上的人都還在。」

　　他只講了一句話，我已經**舒了一口氣**。

　　革大鵬繼續道：「我很快就明白到自己回到了以前的時代，我於是將那古老飛機弄停在半空，把機上的人全部

接下，然後故意將飛機的前半截壓縮，再讓後半截撞向一個小島，**惡作劇** 逗弄一下這個時代的人，也順便向你們這群老古董示威。」

我連忙追問：「那麼機上的人──」

革大鵬立即說：「他們在飛船上，每一個都很合作，只有一個女子給我麻煩，**她叫白素**。」

第六章

　　我再度跳了起來，狂吼道：「你將她怎麼了？你若敢傷害她，我絕不會放過你！」

　　白素的性格，我自然知道，革大鵬可以使任何人屈服，但要令白素也**屈服**的話，那是絕無可能。

　　可惡的革大鵬只是望着我，並不出聲，我着急得想將他抓住，他卻冷冷地警告：「小心**防衛電流**令你喪命！」

　　我想起剛才觸電之苦，只好乖乖坐了下來。但我所坐的那張沙發其實 **暗藏機關** ，我的手探進暗格中，握住了一柄手槍，然後猛地拔出，槍口對準了革大鵬。

　　革大鵬卻毫無懼色，反倒向我的手槍指了指，笑道：「這是什麼？喔，你們所謂的 **致命武器** ，是不是？」

　　我冷冷地說：「不錯，這武器在你來說，或者很落後，但我不信你的血肉之軀能擋得住子彈，就像我的身子擋不了 **羅馬時代** 的武器一樣。」

革大鵬奸笑着，一隻手在胸口上按了一按，他的衣領便突然向上伸起，形成一個半透明的頭罩。

他的雙手本來就戴着 手套 的，現在可謂全身都被包裹着，洋洋得意地說：「我這套裝備，可以抵禦太空中 流星群 的撞擊，你若是不信，可以用手中那古老武器試試。」

本來我拔槍在手，並非想將他打死，只希望威嚇他不准傷害白素，將白素交出來。

當我仍在猶豫着的時候，革大鵬已經 按捺不住，伸手奪過我的手槍，然後向自己的身體連續開槍，直至子彈射完。

73

每一顆子彈射中他的衣服時，都發出了一下刺耳的「滋」的一聲，然後化成**一縷煙**。

最後一顆子彈是射在頭罩上的，我看到子彈嵌着不動，當然射不穿他的頭罩。然後革大鵬用槍柄在頭罩上輕輕一敲，那粒**子彈**便落下來了，革大鵬伸手接住，向我遞來，嘲笑道：「**這就是你們時代的致命武器！**」

我說不出話，他卻冷笑道：「我，革大鵬，是你們這個時代**無法抵抗**的人，我掌握了比你們先進一個世紀的科技，我將會成為你們這個時代的主宰。」

「原來你想做地球的霸主。」我苦笑起來。

革大鵬毫不諱言：「我受夠那群**目光短淺**的笨蛋科學家了，在你們這裏，我才可以完全作主，做我想做的事。我接受不了我所擄獲的人當中，竟有不屈服於我的。我知道白素是你的未婚妻，她目前所受到的懲戒，只不過是單獨**囚禁**，而你的工作就是要去說服她。我需要所有人都服從我，就由我所擄獲的那八十六個人開始。」

聽到他這麼說，我心中反而高興了一下，因為他要我去說服白素，那表示我可以和白素**見面**。只要能見到白素，我什麼都不計較了。

現在事情我已經大致弄明白，革大鵬是一個心理不正常的人，在他被放逐到火星的途中，他**自作主張**，駕駛飛船飛向太陽。可是中途又遇上原因不明的意外，受了一下**突如其來的震盪**後，令他回到了一百年前的地球上。

我相信，當革大鵬發現這一點的時候，心裏必定大吃一驚。

然而，他卻立即想到，在自己的時代中，其**野心**受到遏制；但在一百年前，即是如今我身處的這個時代，卻沒有什麼力量可以**阻攔**他做任何事，他甚至可以當上整個地球的領導者。

革大鵬於是毀滅了那架飛機，擄走了機上的人，下一步，他自然要向全世界宣布他是**人類的主宰**。可是偏偏在他擄去的人當中，有一個白素，絕不向他屈服，這令

他十分**掃興**，連幾十個被擄的人之中，也有人敢不屈服，那何況全世界幾十億人，該會有多少人反抗？所以他必須使白素向他低頭。這也是他來找我的原因。

我**毫不猶豫**就說：「好，將我帶到你的飛船上去？」

革大鵬點頭道：「是，我也要向你展示，我的飛船，實際上是一艘可以到達**任何星球**的堡壘！」

他突然一伸手，握住了我的手臂，將我拉向門口：「我啟動飛行腰帶後，巨大的噴射力會產生氣囊將我們兩人包住，這個氣囊將帶着我們以極高的速度上升，你或許會不習慣這樣的飛行，但絕對是安全的，不必害怕。」

他的話才講完，我的身體便突然震了一下，只是一眨眼的工夫，**眼前**的一切就全變了，我看不見街道和

房子，只看到絮絮白雲，被我們身上的氣囊衝擊而四散開去。

突然之間，我看到了那艘飛船。

我的天啊！我一直以為他的飛船會是飛機形、子彈形，甚至飛碟形，但如今看到了才知道它是球形的，而且像多層停車場那樣分為好幾層，就像一座球形的七八層高大廈，其中一層有許多閃着亮光，像眼睛一樣的東西。

我們已停了下來，革大鵬向前一指：「你覺得怎樣？」

我竟傻氣地問了一句：「這麼大的飛船，只有你們三個人？」

革大鵬 **哈哈大笑** 起來，「足夠了，我們的時代，電腦代替了人的工作。」

話音剛落，飛船的門自動為革大鵬打開，我跟着他進去，他隨即給我指示：「你向前走，在你右手邊的第三扇門，門上有一個 **紅色的「3」字**，你的未婚妻就在裏面，你可以見到她。但我提醒你，不要亂闖其他地方，自動防衛系統的反應相當靈敏，你絕不會想嘗試的。」

我的心狂跳起來，連忙向前 **奔去**。這艘龐大的球形飛船內，不但空氣清新，而且光線十分柔和。我跑到革大鵬所講的 **房間** 前面，房門自動打開，只見內裏的陳設十分簡單，但也很舒適，我看到一個女子，背對着我坐着。

我的心跳動得更加激烈，那是白素，我認得她那一頭柔髮，認得她那 **天下間最美麗的背影**。

她一聽到了動靜，便霍地站起，轉過身來，滿面怒容，她一定以為我是革大鵬。然而，當她看清後，怒容便消失了。

「**是我，是我！**」我低聲叫道。

白素向我撲來，我也向她迎去，我們擁在一起，恍如隔世，誰也不說話，一直**緊緊相擁**，直至傳來革大鵬不耐煩的聲音：「好了，男女主角的戲演得差不多了。衛先生，快開始你的任務！」

第七章 夢想主宰世界

　　我把革大鵬的話當作耳邊風，只顧享受與白素重逢的喜悦。

　　我和白素分別了那麼久，心中積存的話像瀑布一樣地傾瀉。我們爭着説話，也不理會對方是否聽得明白，而我們所講的話，其實都沒有什麼意義，只是情不自禁地不斷説着。

　　直到室內突然響起一陣難聽至極的聲音，令我們體內的神經不由自主地抽搐，我們才不得不停口。

　　那種聲音只不過響了幾秒鐘，接着又是革大鵬的聲音。這時我才注意到，革大鵬的聲音並不是由一個角落傳來，而像是面對面跟我説話，這當然是一種一百年後的**新傳聲**～⋀～**技術**。

　　革大鵬的聲音十分憤怒：「你們還有多少話要講？」

　　我和白素互望了一眼，我由衷地説：「如果可以講下去，**至少再講一百年**。」

革大鵬冷笑起來：「別忘了我要你來這裏的目的，我不想**第一批俘虜**中便有人反抗！」

我又和白素互望了一眼，我問白素：「你知道那些俘虜的名單和他們的身分麼？」

革大鵬可能怕我們不知又要聊多久，乾脆直接告訴我：「除了機上職員和那些**無足輕重**的人之外，機上還有兩個阿拉伯油商、兩名美國情報人員、亞洲某國的國務大臣、意大利著名的高音歌唱家，還有一位**大名鼎鼎**的人物，他是最近被敵對勢力轟下台的過氣將軍——但他仍滿懷野心，最先了解到當前處境，而向我**宣誓效忠**的就是他。」

「那麼，所有的人都已向你宣誓效忠，只有我未婚妻一人例外？」我問。

革大鵬近乎咆哮道：「對，就只有她一個！」

白素笑道：「本來只是我一個，但現在變成兩個了！」

我立時握住了她的手，昂然道：「正是。」

革大鵬突然靜下來，過了一會，房門突然打開，我看到了法拉齊，他的臉色十分難看，望了我一眼之後，更滿面羞慚地低下頭去。

一張貌似按摩椅的東西自動跟着法拉齊進來，椅子被一個半圓形的玻璃罩完全密封着，椅下有輪子，能自動行走。

法拉齊確保椅子進來後，又匆匆退了出去，好像不敢面對我，而門亦自動關上。

那椅子自動來到我面前，半圓形的**玻璃罩**退下，像是叫我坐上椅子去，但我當然不會輕舉妄動。白素更大聲問：「這是什麼玩意？」

革大鵬的聲音又響起：「你們兩人拒絕對我效忠，對我的尊嚴是一個**重大的打擊**！在我們的時代，星際飛行已經十分普遍，別的星球上，往往會有生物，不論是高級的或是低級的，我們發現了之後，總想帶一些回地球去研究，但必須先製成標本，最好是活的，而你們面前那個像椅子的東西，就是**活標本製作儀**。」

我和白素互望了一眼，驚恐得說不出話。

革大鵬卻哈哈地笑起來：「這具儀器發放出來的**極強烈放射線**，可以使一切生物停止生長及喪失

思想，但生命仍延續着，維持原狀。」

　　我吸了一口氣，「你要將我們變成活標本？」

　　「正是，如果你們不服從我、不向我效忠的話。」

　　我和白素**交換了一個⊙⊙眼神**，她的行動比我

快，信手抓起了一件銅製的裝飾

品，向那具儀器看上來最脆弱的

部分擲過去，但儀器毫無損傷。

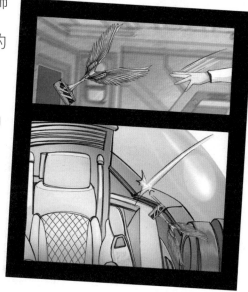

　　我正想接力向儀器攻擊的

時候，革大鵬已大笑起來：

「你們太天真了，自從在

天狼星●旁邊的一顆小行

星中，發現了一種在強酸下生

存的怪人，而那種強酸又將我們的一艘太空船完全**腐蝕**

之後，我們已經發明了幾乎無法被摧毀的材料。」

到了這個地步，我明白到彼此科技太懸殊了，用武力對抗只會**徒勞無功**。我略想了一想，昂然走向那具儀器，送羊入虎口，直接坐了上去，「好吧，啟動你這個儀器，將我變成活標本。原來一百年後，所謂最偉大的科學家，夢想就是用科技去**壓迫**比他落後的人！」

這方法似乎奏效，革大鵬怒吼起來：「住口！你不知道我有多遠大的目標，我致力研究太陽的能量，就是要解決地球甚至全個太陽系的能源問題！」

「**但你在這個時代不會成功！**」白素加入辯論。

「為什麼？」革大鵬問。

白素的想法和我一樣，她對革大鵬**當頭棒喝**：「因為對你來說，我們這個時代的科技水平實在落後太多了，根本沒有合適的人才和技術去協助你，你空有想法，

卻什麼也做不來，將會活得相當。」

　　革大鵬不再出聲，我冷靜地問他：「你知道你是怎麼回到一百年前的嗎？」

　　他終於再開口：「我只知道，機器記錄了一種空前的**宇宙震盪**，飛船在飛向太陽途中，恰好墮入了這種宇宙震盪的震源之中，結果一個震幅便將我們的飛船送回一百年前。」

白素説：「如果能夠控制那種震盪的話，或許你可以回到**自己的時代**去。」

但革大鵬反應很大，激動地説：「誰説我喜歡回去？」

他説完這句話之後，就再沒有 **出聲** 👄，不理我們了。

我們無法走出這個房間，白素便趁着這個機會，講起她深入 **亞洲最神秘地區** 的經過，那就是記錄在《天外金球》的故事。

正當白素講得最緊張的時候，房門打開了，格勒站在門口，向我們不好意思地笑了笑，「兩位，請去用餐。」

我們於是跟着格勒，走出房間，經過一條走廊，乘坐升降機來到一個陳設華麗的 **餐廳** 🍽️，一個肥胖、神情可厭的中年人，正對着革大鵬高談闊論。

他揮着手，**叫嚷**道：「先從我們的國家着手，就可以統治整個中南美洲，然後，你進逼北美洲，只要美國一**投降**，歐洲和亞洲很快也會跟隨，至於非洲就更不用説……」

説話的人是遜里將軍，就是那個被**政敵**逐出國來的獨裁者，革大鵬邀請了他，又邀請我們，這是為什麼呢？

我和白素在遜里將軍的對面坐了下來，我們不理睬他。當然，他也沒有興趣理睬我們，只顧**滔滔不絕**地向革大鵬獻上稱霸地球的大計。

吃完飯後，遜里被請了出去。革大鵬望着我和白素，突然説：「**我要回去。**」

我心中大大地鬆了一口氣，革大鵬終於醒悟了，知道遜里將軍所講的那種稱霸，並非他心中想追求的**目標**。

我平靜地點了點頭，「這是你最應該走的路。」

白素的臉上也展開了 笑容 😊，「幸而到如今為止，你只是毀滅了一架飛機，沒有造成任何傷亡，你盡快將大家送回地面去吧。」

革大鵬卻嘆了一口氣，「可是我無法捕捉宇宙震盪，不知道能否回去。」

說到這裏，他突然站起來說：

「不過，既然我們是飛向太陽途中突然回來的，那麼，我決定 再飛一次 🛸，看看能否遇上那種宇宙震盪！」

第八章

迷失於太空

　　革大鵬能否再遇上那種宇宙震盪，還是 未知數，

而且就算遇上了，也有兩種可能：一是回到一百年後他原本的

時代去，另一個可能則是再倒退一百年！

　　但這已經是他們回家的唯一方法了，我鼓勵道：「值得

試試。」

　　革大鵬向門口走去，「兩位想回到地面，還是跟我們一

起探險？」

　　這實在是一個極具誘惑的建議，試想，一個人如果能

夠回到一百年前，或是到達一百年後的世界中，那是何等

刺激的事？但要有一個前提：能保證可以回到自己的年代去，否則就未免太「刺激」了！

所以我和白素齊聲説：「我們還是留在自己的時代比較好。」

革大鵬苦笑了一下，「是的，我**自身難保**，還邀你們同行，那未免太可笑。但有一點可以保證：即使我們不幸到了**洪荒時代**，飛船的燃料和食物也足夠我們度過一生。」

他一面説，一面走出了門口。就在這時，前面忽然傳來「砰」的一聲，一個人從**走廊**的轉角處直跌了出來。

革大鵬臉色一變，「格勒，什麼事？」

格勒慌張至極，「我剛剛把所有人送進**逃生裝置**，發射到地球去，他們會安全到達，而裝置內會播放特殊的音樂，使他們忘記這一段經歷。可是我們的飛船……」

「**我們的飛船****怎麼了？**」革大鵬着急地問。

這時法拉齊也走了過來，「我們的飛船失去了控制⋯⋯好像受到一種不可測的力量⋯⋯控制着飛行。」

飛船急速地震動了一下，大家都摔倒地上，好不容易才爬起來。革大鵬失聲道：「**是宇宙神秘震盪！**」

革大鵬立即跑去駕駛室，我們也慌忙跟着。他進入駕駛

室，一看到飛船外的景象，便 **咆哮** 起來：「如今飛船不知道在什麼地方了！你們看，飛船外的太空，只是一片暗藍色，我從來也未曾見過！」

駕駛室在球形飛船的頂層，而整個 **駕駛室** 連頂部是一個天幕玻璃窗，我們能清楚看到，外面是一片一望無際的深藍色。

我們都呆了半晌，試想想，我們迷失了，不是迷失在沙漠，也不是迷失在深山，而是迷失在 **無邊無涯** 的太空之中！

我嘗試保持樂觀，問：「飛船還在正常飛行，這表示情況還好？」

革大鵬卻 **搖着頭** 道，「你怎樣知道這架飛船是在飛行？不錯，它在前進，但似乎是受到 **某個星球** 的引力，正被吸過去！」

革大鵬坐下來，法拉齊和格勒也回到相信是他們的工作位置，三人忙着操控飛船，但很快就頹然地垂下了雙手，革大鵬 **嘆息** 道：「所有系統都壞了，不但控制不到飛船，甚至無法定位，我們根本不知道飛船在什麼地方！」

我和白素呆呆地望着外面，那是一片 **深沉無比** 的黑暗，但十分奇妙，它不是黑色，而是極深極深的深藍色。

革大鵬來到我們的身旁，**喃喃** 地說：「我從來未見過這樣的空際，從來也沒有！」

連革大鵬這個一百年後地球上 **最出色的星際航行家**，也未見過那樣的空際，我們又怎能知道自己如今身在何處？

革大鵬又說：「我們一定已遠離太陽系，遠離一切星系了，你們看，我們眼前只有空際，竟什麼也沒有。」

遠　離　一切星系，那是什麼的所在？我們不禁毛骨悚然。

革大鵬嘆了一口氣，「現在除了等待，沒有其他辦法可想了，反正我們的**食物**充足，可以維持許多年。只好看看這引力把我們帶到什麼地方去。」

在我們這些人中，白素算是最鎮定的一個，她問革大鵬：「你說飛船的所有系統都壞了，難道沒有任何一部分能修復過來麼？」

革大鵬這時才**如夢初醒**，向法拉齊和格勒兩人望了一眼，然後說：「對啊，我想，大約花十天的時間，或許可以修復部分系統，尤其**定位系統**，我們至少要弄清楚自己在什麼地方，我想這個可以做到的！」

「那我們還等什麼？」白素非常積極。

她的 樂觀 😊 迅速感染了我們，革大鵬説：「我們先要穿好防輻射的衣服，你們兩個，多少也可以幫點手，是不是？」

「當然，請隨便吩咐。」白素説。

「好！你們跟我來，我們先去檢查動力系統。」

在革大鵬的帶領下，我們用升降機下降了三層，走進一個房間，每人都穿上了厚厚的防輻射衣服，連着頭罩。

然後，革大鵬又帶着我們，穿過了幾重鋼門，來到一個房間，裏面密密麻麻佈滿着許多線路。那些線路絕不是我們這個年代所用的電線，而是一股股五顏六色的光束。

革大鵬和法拉齊連忙去檢查那些「線路」，我和白素只能在旁邊候命。

　　在防輻射衣的頭罩內，有着通訊器，所以每一個人講的話，其他人都可以聽得到。沒多久，我們就聽到革大鵬發出了一下十分高興的呼叫聲。

　　我和白素同聲問：「怎麼樣，情況還好？」

革大鵬用力點頭，「不算壞，震盪使一部分輸送動力的線路 **損毀** 了，但另外有一些只是被擾亂，相信經過整理，可以恢復。」

法拉齊補充了一句：「動力輸送恢復之後，部分系統可以運作，例如監測、定位這些功能。」

我和白素也 **不由自主** 地發出了一下歡呼聲，不過，我倆也只能旁觀，幫他們看看哪些線路有異樣，卻無法插手。

因為他們使用的工具，我們從來也沒有見過。革大鵬拿着一柄形狀如 **手槍** 🔫，可以放射各種光束的工具，去修補、拉直、牽引、連接那一股股的光束線路。

他們三人忙了好一會之後，革大鵬突然説：「暫時修復到這裏吧，我們回去駕駛室，看看監測和定位系統**復原**了沒有。」

我們於是退了出來，脱下防輻射衣服，一起回到駕駛室，立即看到若干**監測熒幕**恢復了畫面。

但那些畫面都只是一片深藍，革大鵬三人的神色都十分沮喪，我立即問：「怎麼樣？看出了什麼嗎？」

革大鵬指着那些熒幕，苦笑道：「這些影像，是用**遠程光波**所攝，你們看到的，是距離我們十光年之外的情形。」

我和白素臉色一變，齊聲道：「你是説──即使用光的速度，**再飛十年**，我們的四周仍然是這樣深藍色一片？」

革大鵬點了點頭。

法拉齊雙手抱着頭，「這裏是什麼地方！」

革大鵬又去按動了一些按鈕，熒幕顯示出各種數據，他突然露出十分疑惑的神色：「這深藍色竟然和地球大氣層的成分差不多，有氧、氮，也有小量的其他氣體，人可以在這氣層中生存。」

我苦笑道：「我不相信有人可以在 一團氣層 中生存。」

革大鵬説：「我的意思是，如果這附近有星球的話，那麼這個星球一定和地球十分近似，可能會有 生物 ，可惜在十光年的範圍內也沒見到這樣的星球。」

但格勒忽然大聲説：「領航員，有發現啊！」

我們一起走過去看看，登時呆住了！

在格勒的 熒幕 上，深藍色的畫面中，突然出現了發亮的一團。

　　沒多久，不但在熒幕上可以看到，連我們抬頭望向透明

的穹頂，也察覺到那一點 **光** ，似乎是一個星體！

第九章

那團光並不強烈，帶着柔和的淺藍色，看來異常美麗。

革大鵬又忙了起來，五分鐘之後，他確認那是一個星體，而飛船愈接近那星體，**牽引力** 便愈大，根據計算，再過七十一小時零十五分，我們的飛船便會撞到它的表面。

本來我們早就應該發現這個星體的，但因為大部分儀器都 **損壞** 了，所以直到距離它只有三日的路程時才發現。

我們一面等候 **降落**  在那個星體上，一面仍然積極地去修理一切所能修理的，當然這要靠革大鵬他們三人，而我和白素則負責察看那愈來愈接近的星體。

當我們距離它愈近，它的光線反而愈暗淡。過了四十八小時後，我們已經可以清楚看到那星體的 **形狀** 了。

那是一個星球，呈圓球形，周圍有看來很調和的淺藍色 **雲狀大物** 包圍着，它真正的面貌如何，上面是否有生物，我們暫時還不知道。

這時我們的心情十分矛盾，我們希望在這個星球上有和「人」類似的 **高級生物**，並且希望能和他們溝通，得到他們的幫助；可是我們又怕真有「人」的話，他們未必會對我們友善。

飛船愈接近那個星球，速度便愈快，可想而知，若是撞到那星球上，一定會產生極大的 **衝擊力**，我們不能不作準備。

革大鵬說，這飛船是用最先進最堅硬的合金所做，幾乎肯定比任何星球的表面 **堅硬**，所以撞擊起來，也不容易破裂或粉碎。不過，正由於那樣堅硬，承受的撞擊力就更驚人了。

他吩咐我們立即穿回那 **防輻射衣服** 和頭罩，然後匆匆來到了飛船正中的一個房間裏，我們透過通訊器，聽到革大鵬解釋道：「這房間有着全飛船最好的懸掛避震設備，而且接下來我會為房間注入避震液，大家不用怕。」

他說完之後，突然講了一串 **語音指令**，指示電腦系統為房間注入避震液。

只見天花板的邊緣開始瀉入一種半固體半液體的黏稠液，像水銀、像果凍，顏色則像水一樣完全透明。

這些避震液快速注入房間，四面牆壁像瀑布一樣，沒多久，就把整個房間都注滿了，我們五個人被避震液包圍着，靠 **氧氣罩** 呼吸。

在這個球形飛船的正中央，充滿着黏稠的液體，我忽然感覺自己如同在一隻雞蛋裏一樣，我是被蛋白包圍着的

蛋黃。當然，我們其實更像在母胎之中。

　　我們在這避震的房間中，等待着最後一刻的到臨，誰也不説話，靜得出奇。

　　革大鵬一直監察着時間，他的聲音突然打破了寂靜：「還有三分鐘，飛船就要 **着陸** 了，大家作好準備，向上游，找一個安全的位置，確保自己周圍有足夠的空間。」

　　他説完立即示範，像 **游泳** 般，向上爬，來到一個附近沒有人，也遠離牆壁、天花板和地板的位置。我們也照着他那麼做，彼此平均分佈在房間的空間內。而且我還感覺到，那些避震液慢慢變得非常凝固，真的像果凍一樣，緊緊地包裹着我們，凝在半空中。

　　接着革大鵬又指示我們：「**抱頭、蜷曲身子，我們快要撞上去了！**」

他自己首先抱住了頭，將身子縮成了一團，我們每個人都學他，將身體縮成了一團，盡量保護自己。

這 **三分鐘** 是最難捱的時刻，因為飛船撞到了星球之後，到底會出現什麼情況，我們完全不知道，猶如在等候判決的罪犯一樣。

那一刻終於來臨了。我們五個人突然同時向上彈了起來，即使房間有着最好的懸掛避震系統，而房間內又有着避震能力極強的果凍狀避震液，我們依然重重地撞向了 **天花板**。幸好連天花板也是十分柔軟的物料，大家才沒有受到嚴重的創傷。

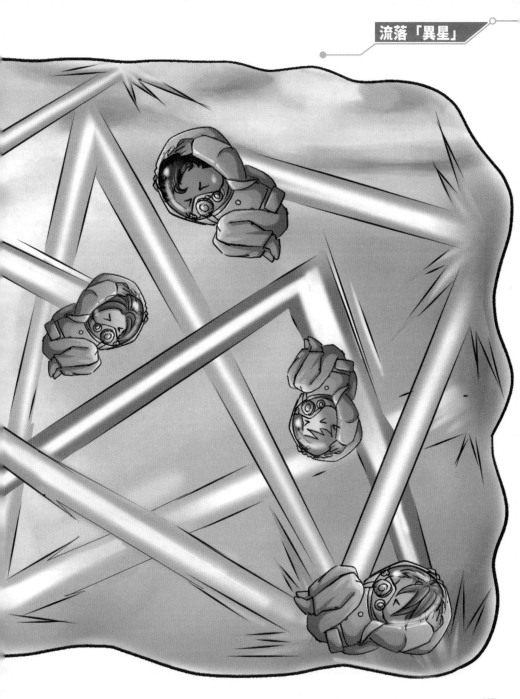

一撞之下，我們又立即跌了下來，之後，我們五個人簡直就像是放在碗中，被人猛烈搖晃着的五顆**骰子**一樣，四面八方地撞着。若非有着重重避震準備，我們早就**粉身碎骨**了。

這種餘震持續了半分鐘左右，我們五顆「骰子」才慢慢在「碗底」落定。

我掙扎着站了起來，叫道：「**素，素！**」

白素睜開眼，抬起頭來，我撥着「果凍」來到了白素身邊，她拉着我的手，站了起來。

這時革大鵬、法拉齊和格勒三人也相繼站了起來，革大鵬喊了一串語音指令，房間內的避震液就迅速被抽乾了。

只見法拉齊**哭喪着臉**，不斷問：「我還活着麼？我還活着麼？」

革大鵬苦笑了一下，「我們五個人……總算熬過來了。」

格勒卻慨嘆了一句：「這只是第一步，我們還要面對**外面的世界**。」

「我們去看看吧。」革大鵬向房門走去。

由於這間避震室沒有任何陳設，**四面八方**全是一樣，所以很難分清哪一幅是天花板，哪一幅是地板，直到此刻革大鵬要開門出去，我們才發現**門打橫了**！

那表示，飛船撞到了星球之後，打橫停住了。雖然飛船是球形的，從外面看來**沒有分別**，但飛船內當然有上下之分。

革大鵬連忙説：「不要緊，我們還是可以爬出去的。」

　　他打開了門，小心翼翼地爬出門外，雙足當然無法踏在走廊的地板上，只好踏在左側的牆上，也同樣可以走路穿過走廊。

　　我們跟在革大鵬的後面，魚貫走出了避震室，好不容易終於回到了駕駛室中，立即嘗試透過監測系統，看看飛船目前的情況，身處什麼地方。

　　可是經過猛烈的撞擊後，很多系統都無法正常運作。不過我們通過透明天幕可以看到，飛船似乎陷進了星球的地

底，外面全是黑色帶着閃光的物體，相信是**礦石**◆。

　　革大鵬分析道：「我們猛烈撞向這個星球，應該撞出了一個**深坑**，我們正陷在這個坑洞中。」

　　「那怎麼辦呢？」法拉齊問。

　　革大鵬抬着頭，欣喜道：「幸好飛船的緊急出口如今正好對着坑洞頂的方向，我們應該可以出去。大家趕快換衣服，帶上應用武器和個人飛行腰帶，我們從**緊急出口**走出去看看！」

　　法拉齊和格勒兩人**忙碌**了一會，給我們各人分配一柄激光槍，又為我們繫上個人飛行腰帶，革大鵬簡略地告訴我們使用方法。

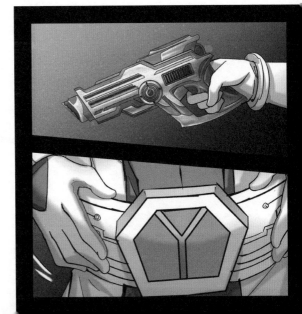

然後，我們爬出了駕駛室，一直在牆上走，穿過幾條走廊，最後一條走廊變成了垂直的，倒也易辦，我們用飛行腰帶升上去，終於來到了那 **緊急出口** ，如今它是向上的。

格勒和法拉齊合力絞動着一個大絞盤，緊急出口的門慢慢地向兩邊打開，門才開了半呎左右，一些黑色小塊的礦物便像 **沙漏** 一樣漏下來。

我們緊貼在兩邊，任由礦物落下，足足五分鐘，將走廊塞得滿滿的，才停下來。

格勒和法拉齊繼續把門絞開，還有些 **礦物碎塊** 落下來，但數量不多。

等到門完全打開後，可以看到，我們確實是在一個 **深坑** 之中。

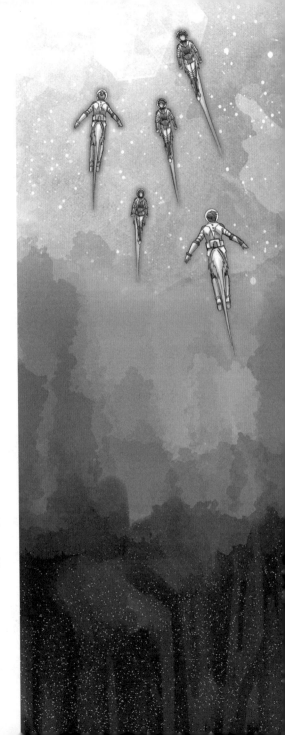

　　這個坑有多深，一時難以估計，而在坑頂上，是一片柔和的藍色光芒。

　　我們穿過了飛船的門，沿着坑洞往上飛，沒多久，四周不再是那種黑色帶有閃光的礦物，而是一種淺黃色的，較為鬆軟的固體，類似地球的泥土層。

　　再向上，便是藍色的東西，深淺層次不同，有的是寶藍色，有的是暗藍色。

而且，愈向上去，我們便愈覺得寒冷，但保護衣有維持溫度的功能，很快就把溫度調節過來。

飛行腰帶向上飛行的速度已相當快，但也足足花了三分鐘，我們才出了那個大坑。

眼前呈現着一片碧藍，乍看還以為是在大海之中，但是我們立即看出這不是海，而是陸地。不過，當我們落下來，**腳**踏上去之際，卻又感到那的確是海——是結成冰的海，觸目所及，四周幾乎全是那種**藍色的冰**！

那或許不是冰，只是像冰的東西，我們無法確定。

我們五個人站在坑邊上，一動也不動，只是怔怔地看着**一望無際**，蔚藍色的冰，和頭頂上蔚藍色的天。四周圍一片死寂。

但革大鵬突然緊張地叫了出來：「我身上的探測儀測量到，這個星球充滿着一種**奇異的　輻射**，而這種輻射對生物應該是有害的！」

第十章

驚人發現

我們都被革大鵬的話嚇了一跳，以為自己已受強烈輻射感染，必死無疑了。幸而他又說：「但不要緊，我們的防護衣能防輻射，而且，飛行腰帶的

小噴氣孔，持續不斷噴出的 氣流，將我們的身體包裹在『氣幕』之中，那不是普通的氣體，而是具備各種防毒防輻射等等特性的物質，保護着我們。這裏的輻射並不能侵襲我們，我只是感到十分奇怪……」

他一面説，一面小心翼翼地在冰上向前走了幾步。我跟在他的後面，也向前慢慢地走去。

人踏在那種藍色的冰上面，和踏在

地球的冰上，感覺是一樣的。

那種堅硬的、半透明的固體十分滑，隨時可以將人滑倒。白素在深坑的邊緣上，敲下了一小塊冰來。她戴着一種我不知道是什麼纖維織成的 手套，手掌心托住了那一小塊冰，在柔和的、藍色的光芒照耀下，像是一塊

藍寶石 。

而那塊「藍寶石」漸漸地縮小，從白素的 指縫 間漏下，落到了冰層上面之後，又凝固成冰珠子。

白素驚訝道：「冰，這真的是冰，它會融化成水，和地球上的冰一樣！」

革大鵬仍然慢慢地向前走去，低着頭，走出了十來步，又說：「 奇怪得很，為什麼會這樣？」

「你究竟有什麼想不明白？」我問。

　　革大鵬伸手指着一望無際的冰説：「這裏充滿了輻射塵，而這種輻射塵，應該是一次極巨大的核子爆炸所產生的。因為如果是自然產生的話，那麼這個星球表面的溫度，應該是**幾千度**，像我們的太陽表面一樣，可是，這裏卻全是冰層。」

　　我呆了半晌，疑惑地説：「如果不是自然產生，那就是**人為**的，那麼⋯⋯這星球上可能有着極高智慧的生物？」

　　革大鵬點着頭，「不能排除這個可能。他們可能因為**輻射塵**而死光，但亦有可能是相反⋯⋯」

「相反？」我疑惑道。

這時白素在我們的身後說：「我明白你的意思，人類需要 **空氣** 才可以生存，遇到過量輻射就會受傷甚至死亡。但外星生物卻不一定和我們一樣，他們可能在輻射下仍能生存，甚至根本需要強烈的輻射。所以，這個星球或許真有 **高級生物**，只是我們還未遇見他們，你想想，如果有人從別的星球降落在南極或北極，怎能想像地球上有那麼多人？」

白素的話也不無道理。革大鵬轉過身來，說：「飛行腰帶能快速上下飛行，卻不適合 **長距離的移動**。我要回飛船去，嘗試把小飛艇弄出來，再準備些糧食，便可以快速方便地在這星球上探索了。」

我點頭贊同：「對，我們必須這樣做，至少要弄清

楚，我們究竟在什麼星球上。」

革大鵬於是叫法拉齊和格勒跟着他，用飛行腰帶飛起來，回到那個深坑去。

他們落下去之際，革大鵬**大聲**對我們說：「你倆不妨四周看看，但切勿飛得太遠。」

我答道：「好的，只要看到你們的**小飛艇**，我們就馬上回來。」

革大鵬他們已經落下那個大坑了，我握住白素的手，一起開動**飛行腰帶**，將高度維持在十呎左右，向前慢慢飛去。

飛了沒多遠，我們兩個人都**不約而同**地停了下來，因為我們好像看到了一件東西。那是我們在這片一望無際的冰海中，第一次看到不是藍色的東西。

　　我們落地後，走向那東西，細心一看，它只是很小的一點 **銀色**，露出冰層之外只有兩三厘米。

　　我小心翼翼地嘗試把它拔出來，發現它是一根銀色的圓桿，只有約 **一根手指** 的大小，形狀並不勻稱，一端比另端略粗一點點，看起來確實像一根手指。只不過它

是銀色的，看上去應該是金屬，可是摸上去卻不像金屬那樣堅硬，而是有點像**塑膠**、橡膠，實在是一種奇異的物質。

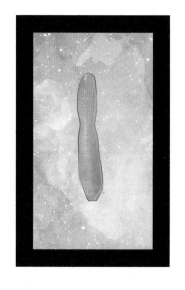

但有一點我們是可以肯定的：這根小圓桿無論如何不會是天然的東西，一定是什麼高級生物製造出來的，雖然我們不知道這是什麼。

這是一個重大的發現，我和白素連忙帶着這根桿子回到那坑邊去，突然聽到一陣異樣的**嗡嗡聲**。

我們吃了一驚，但很快就看到，一艘小飛艇從坑洞裏升起來，它的樣子就像是一隻**橢圓形**的橡皮浮艇，但上半部卻是透明的玻璃，或許是一種先進的透明物質，我不認識，只能稱它為玻璃，就像球形飛船的玻璃天幕那樣。

我們可以看到小飛艇的**駕駛者**是革大鵬，而法拉齊和格勒則從旁協助。

飛艇的透明穹頂突然掀開來，革大鵬說：「快進來，我估計大約用三天的時間，便可以**環繞**這個星球一周了。」

我和白素飛進艇內，在革大鵬準備出發時，我向白素望了一眼，白素明白我的意思，便將手中那根小桿子遞了過去。

革大鵬愕然道：「這是什麼？」

白素說：「是我們找到的，我們發現它的時候，它在**冰層**中，露出了一小部分，你看這究竟是什麼東西？」

革大鵬拿起來細看，愈看愈驚奇，「這⋯⋯一定是用**先進技術**鑄造出來的合成物質，絕不是自然存在的東西。」

　　法拉齊立即嚷道：「老天，這個星球果然有人，我們的飛艇會不會在環繞星球的途中給他們擊下來？」

　　法拉齊老是那樣 杞人憂天，格勒比他鎮定得多，問我和白素：「你們是在哪裏找到這東西的？既然你們能 安然無恙 地回來，至少那個地方是安全的。」

我和白素一同指向發現圓桿子的地點，革大鵬便說：
「好，我們先去那裏，看看還有沒有其他發現！」

他說罷便駕駛飛艇前往，小飛艇的速度很快，幾乎一
下子就越過了那個地點，我和白素連忙齊聲喊：「就是這
裏！」

革大鵬才煞停了飛艇，回到我們所指的地點，降落
下來，然後按下了一個按鈕，飛艇旁邊隨即伸出了一個旋
轉得十分快的鑽頭來，往下探去。鑽頭小心翼翼地鑽開冰
層，鑽頭還內置 **攝像鏡頭** ，就算在鑽頭高速轉動的情況
下，依然能拍攝到冰層內的情形。

這時法拉齊突然叫了一聲：「有東西！」

革大鵬連忙停住鑽頭，說：「我們去看看是什麼

東西！」

透明穹頂升起，大家都跳出了飛艇，合力搬開那些碎冰，花了一番工夫，終於把冰層內那件東西拿了出來，我們一看都驚呆住了，因為從表面看，誰都能看出那是什麼，可是又不敢相信自己的**眼睛**👁 👁 。

呆了半晌，法拉齊第一個失聲道：「這是一條機械人的手臂！」

沒錯，看上去，那就是一條機械人的斷臂，而白素有一個更驚人的發現，指着機械臂的手指說：「**它缺了一根手指！**」

我們看過去，果然缺了一根食指，然後不約而同地望向擺放在飛艇內的那根像手指的小圓桿。

革大鵬戰戰兢兢地從飛艇取出那小圓桿，接到機械臂斷指的位置去，竟然十分輕易就接上了，原來那是機械人的一根手指！

大家都驚訝得說不出話，**面面相覷**，心裏充滿着疑問。

這機械人是外星人製造的嗎？或這裏的外星人本身就是機械人的模樣？難道這是一個**機械人**統治的星球？

一大堆的謎團，等着我們去尋找答案。（待續）

嘰嘰咕咕

飛機十一時二十分到，可是從九時起，老蔡便**嘰嘰咕咕**，不知催了我多少次，叫我快些動身。他是我們家的老僕人，我尚未成家，他極為不滿。

意思：擬聲詞，形容小聲説話。

交頭接耳

不安的情緒愈來愈濃，接機的人開始**交頭接耳**，神色慌張，終於有人叫道：「去問辦公室，究竟發生了什麼事！」

意思：湊近頭部和耳朵，指兩個或以上的人低聲交談。

嶙峋

我們的目光不由自主地移向那些**嶙峋**的岩石上。

意思：形容石頭又高又陡峭、層層重疊的樣子。

奢望

我望着那半截飛機，希望這時在機艙中突然走出一個人來，我不敢**奢望**那走出來的人是白素，只希望有一個人出現，告訴我究竟發生了什麼事！

意思：指要求過高而難以實現的希望。

孤陋寡聞

白素生死未卜，我實在沒心情與瘋子周旋下去，我說：「好了，算我**孤陋寡聞**。請讓我一個人靜一靜，這裏剛剛有一架飛機失事，你們又不是看不到！」

意思：形容學識淺薄，對世事了解不多。

猶有餘悸

法拉齊**猶有餘悸**，「不錯，我也昏迷了，剛醒來就發現自己身處這個小島。我們得趕快向總部報告！啊，等等──我們的領航員革大鵬呢？」

意思：形容驚懼的心情尚未平息。

反唇相譏

我正想**反唇相譏**幾句之際，夜空突然傳來一陣飛機聲響，兩架噴射式軍機在我們的頭上掠過，留下了兩條長長的白煙。

意思：不服他人的指摘，而以責問的語氣回應對方。

步步進逼

「那是什麼東西？你發明出來的嗎？在什麼時候發明的？」我**步步進逼**，希望逼他們清醒過來。

意思：一步一步地逼進。

綠洲

我只知道蒙古有大戈壁沙漠，所謂運河，很可能是一百年後的事，或許他們的科技已經可以將沙漠變為**綠洲**。

意思：沙漠中有水源和植物的地區。

血肉之軀

我冷冷地說：「不錯，這武器在你來說，或者很落後，但我不信你的**血肉之軀**能擋得住子彈，就像我的身子擋不了羅馬時代的武器一樣。」

意思：由血液和肌肉組成的身體。

洋洋得意

他的雙手本來就戴着手套的，現在可謂全身都被包裹着，**洋洋得意**地說：「我這套裝備，可以抵禦太空流星群中的撞擊，你若是不信，可以用手中那古老武器試試。」

意思：形容人感到自豪時神氣十足的姿態。

主宰

革大鵬於是毀滅了那架飛機，擄走了機上的人，下一步，他自然要向全世界宣布他是人類的**主宰**。

意思：支配、掌握人或事物的力量。

標本

我吸了一口氣，「你要將我們變成活**標本**？」

意思：指經過處理後，可長久保存原貌的動物或植物遺體。

當頭棒喝

白素的想法和我一樣，她對革大鵬**當頭棒喝**：「因為對你來說，我們這個時代的科技水平實在落後太多了，根本沒有合適的人才和技術去協助你，你空有想法，卻什麼也做不來，將會活得相當痛苦。」

意思：用棒擊或大聲一喝，比喻使人立即醒覺的警告。

洪荒時代

革大鵬苦笑了一下，「是的，我自身難保，還邀你們同行，那未免太可笑。但有一點可以保證：即使我們不幸到了**洪荒時代**，飛船的燃料和食物也足夠我們度過一生。」

意思：人類必須和自然、野獸搏鬥，以求生存的原始時代。

毛骨悚然

遠離一切星系，那是什麼的所在？我們不禁**毛骨悚然**。

意思：毛髮豎起，脊骨發冷。形容恐懼驚駭的樣子。

光年

革大鵬説：「我的意思是，如果這附近有星球的話，那麼這個星球一定和地球十分近似，可能會有生物，可惜在十**光年**的範圍內也沒見到這樣的星球。」

意思：光年是長度單位之一，指光在真空中一年時間內傳播的距離，大約為9.46兆公里。

一望無際

我們五個人站在坑邊上，一動也不動，只是怔怔地看着**一望無際**，蔚藍色的冰，和頭頂上蔚藍色的天。四周圍一片死寂。

意思：一眼望去看不到邊界。形容寬廣、遼闊。

衛斯理系列 少年版 30
原子空間 上

作　　　者：衛斯理（倪匡）

文 字 整 理：耿啟文

繪　　　畫：鄺志德

助理出版經理：林沛暘

責 任 編 輯：梁韻廷

封面及美術設計：黃信宇

出　　　版：明窗出版社

發　　　行：明報出版社有限公司

　　　　　　香港柴灣嘉業街 18 號

　　　　　　明報工業中心 A 座 15 樓

電　　　話：2595 3215

傳　　　真：2898 2646

網　　　址：http://books.mingpao.com/

電 子 郵 箱：mpp@mingpao.com

版　　　次：二〇二三年六月初版

I S B N：978-988-8828-53-1

承　　　印：美雅印刷製本有限公司

© 版權所有 • 翻印必究

本書之內容僅代表作者個人觀點及意見，並不代表本出版社的立場。本出版社已力求所刊載
內容準確，惟該等內容只供參考，本出版社不能擔保或保證內容全部正確或詳盡，並且不會
就任何因本書而引致或所涉及的損失或損害承擔任何法律責任。